野球短歌

さっきまでセ界が全滅したことを私はぜんぜん知らなかった

池松 舞

ナナロク社

二〇二二年　春　プロ野球開幕

前半戦

3月25日×

3月26日×

3月27日×

3月29日×

3月30日×

3月31日×

4月1日×

4月2日×

4月3日×

4月5日◯

4月6日×

いつまでたっても阪神が勝たないから、短歌を作ることにしました。

もくじ

残塁の数を数えて甲子園きみは十二でぼくは九つ

4月8日 △

ピッチャーに打たれた走者一掃の熱を使って湯をわかす春

4月9日 ×

サードから本塁までが遠すぎて半日かけてもたどりつけない

4月10日 ×

春の日にエル知っているか阪神は一勝しかまだしていない

4月12日 ×

4月13日 ×

負けたけど一平《いっぺい》と書いてゆめと読み加治屋《かじや》と書いてきぼうと読みます

春の夜に067が示すのは大阪の電話と阪神の勝率

ベンチから身を乗りだして近本《ちかもと》が叫ぶのを見て泣いてしまった

4月14日 ×

かきわけた泥沼のなかに宝石がそれを私は青柳《あおやぎ》と呼ぶ

青柳がロハスが佐藤輝明《さとうてるあき》が矢野《やの》監督も笑う今夜だ

人間は野球ひとつで気が狂うたとえばこうして短歌詠んだり

4月15日○

大山《おおやま》のタイムリー見て給食がカレーだった日のこと思いだしてた

4月16日〇

もしかしてみんな思った春の午後もしかしなくて打てずに負けた

4月17日 ×

キャッチャーのミットに決まるストライクあの人の目にはボールに見える

4月19日 ×

一平に言いたいことはただひとつホントごめんねホントごめんね
打ててれば勝ってる試合が十はあり打ってないから十は負けてる
解説の大魔神が言いました阪神ぜんぜんよくないですね

4月20日 ×

4月21日 ×

中断の放送席でも集中を切っちゃダメよと森本稀哲《もりもとひちょり》
降りしきる雨に聴こえる金管のバースデーに牧《まき》が手を振る
横浜の歌を詠みたくなったのは彼らが楽しそうだからです

小野寺が代打逆転満塁ホームランを放ったのに阪神は負けた。横浜の勝ちっぷりがよく、この日はベイスターズの日だと思った。

4月22日○

うつむいて歩くぼくらを振り向かせ笑う青柳ほら勝ったよ

大山が中野《なかの》が佐藤輝明が青柳を見て笑っている！

一点を取られただけのピッチャーが勝てないセ界を誰か救って

4月23日 ×

十一点あってても安心できなくてみんな祈っていたんじゃないの？

4月24日〇

ランナーが出るたび思った大山がいてくれたならいてくれたなら

4月27日○

絶対の絶命だった九回に誰にも打てない岩崎《いわざき》の球

4月28日○

阪神の内野の人たちゲッツーがいつまでたっても取れないや

青柳のラストボールで塩水が目から流れて四連勝

4月29日○

4月30日〇

日テレの体感せよのテロップが自由視点をフィクション化する

突き上げた中野の拳がきらきらとした目と混ざったノンフィクション

白球は戦力外から這い上がる渡邉《わたなべ》の手におさまった

音こもるドームの天井つきやぶる喜びの名は五連勝

勝敗を会議中に盗み見る「宝くじ当たった？」と聞かれる

六連勝、六回続けて宝くじ当たった人の気持ちみたいだ

5月1日○

大山がファーストにいると連携が美しくなるまあ負けたけど
晴れの日はサトテルの頬の黒線を見るだけでもいいまあ負けたけど
西《にし》だって三安打しかされてないなら勝ちじゃない?まあ負けたけど

5月3日 ×

ゼロが好き?ねぇゼロが好きゼロが好き?昨日も今日もゼロ点だけど
ピッチャーが頑張ってるのに打線がね、解説者のその言葉がすべて

5月4日×

5月5日○

見極めたはずが判定ストライク子どもみたいな顔する大山

サヨナラを押し出しで決めた山本《やまもと》の眼の力がすごかった、見て！

サトテルが誰かれ構わずわしゃわしゃと頭つかんで喜んでいる

5月6日×

青柳さんすごかったからと雄大《ゆうだい》が言ってくれた、ただ言ってくれた

三分で攻撃が終わる阪神はウルトラマンにも負けてしまうな
よく見ればウルトラマンにはトラがいるつまりはこれは己との戦い

5月7日 ×

5月8日○

阪神の救援陣《リリーバー》ならチャンスありという解説者のメガネを割りたい
妄想であなたのメガネを割りましたそして抑えた湯《ゆ》浅《あさ》と岩崎

西だってナイステンポで投げるけど床田《とこだ》は三拍子で投げている
阪神の打線を音にたとえると環境音楽だから勝てない

5月10日 ×

もし覇気を売っているなら買い占めて死にかけの虎の口に詰めたい
消音で見る野球には遠くから走る電車の音が聞こえる

5月11日 ×

ハマスタの雨は上がって潮干狩りみたいな人の賑わいになる
青柳の落ちるボールが決まるたびだんだん晴れてきた土曜日
サイクルを狙う中野を追いかけてどんどん晴れていく、土曜日！

5月14日〇

滞空の時間が終わらないようなホームラン空に吸いこまれる
いまはもうたとえば佐藤輝明がいない世界を想像できない

5月15日〇

負け惜しみなんかじゃなくて岩崎が打たれたんなら仕方ないです
牡蠣フライと犠牲フライは似てるからサヨナラ牡蠣フライはもう食べない

5月17日 ×

5月18日○

ピッチャーのスイングじゃない西純矢《にしじゅんや》ファーストストライクから振ってくる
投げ抜いたガッツポーズの瞬間に三塁側が総立ちになる

暗黒と呼ばれた時代に投げていた藪《やぶ》が「完封しなきゃ勝てない」と言う

5月19日 ×

5月20日 ×

延長の十二回おもて三十分ぐらい攻撃され続けたわ
オレンジの中央線に乗らないで黄色い総武線に乗ったのにな

岩崎がストライクとると拍手するウィルカーソンをカメラがとらえる
ぎりぎりで投げ続けているピッチャーの気持ちがわかるカメラマンかな

5月21日○

グランドに引いたばかりの白線が太陽の下で光っていました

5月22日○

セ・パ　交流戦

実況の人が思わず二度叫ぶ「取っている、取っている大山！」

5月24日◯

5月25日×

阪神がたぶん寝ていた楽天を醒ましてしまったごめんなさいね
延長のために『魚が食べたい！』は放送変更ごめんなさいね

ピッチャーの気持ちを誰より知っている長坂《ながさか》にこそ代走を願った

5月26日 ×

5月27日○

今日もまたゼロに抑えたピッチャーが負けるのかって思っていました
すくい上げただけのボールが飛んでいきバックスクリーンを叩いた
こうやって、こうやって打った！とサトテルが身ぶり手ぶりを交えて笑う

5月28日○

逆光を浴びてキャッチボールする青柳はめげない追加点がなくても
あんなにも不器用だったピッチャーが気づけばエースになっていました
わたくしの心のスコアボードでは青柳は全勝しています

5月29日×

さっきまでセ界が全滅したことを私はぜんぜん知らなかった

5月31日 ×

切手とか記念コインとかみたいに阪神ゼロを集める

防御率　一位と二位のピッチャーがいる阪神は最下位にいる

消滅と口を揃えて言うけれど自力でピッチャーさえ救えない

あまりにもムカつきすぎて一首目の三十一音を間違えた

この日、自力優勝の可能性が消滅した。

6月1日○

打てんなら走るしかないオーダーを組んだいいね楽しい野球だ
いい島田《しまだ》いいね島田が走りだし島田島田、いちばん島田！
自力での優勝が消えた次の日にセ界でたったひとりだけ勝つ

6月2日○

一番に島田を入れて動きだし　もしかしたらって思い始めた

6月3日◯

言ったよね私きのう言ったよね打線に夢を見てもいいって
まだ試合おわっていない八回に逆って泣いてしまった、ごめん
大山だ何はともあれ大山だ五番ファースト大山　光だ

連打です連打ですついにそんな日が阪神にも訪れました
先発で八つも投げて防御率0・98の青柳だ

6月4日○

もし辞書で代打満塁を引くと小野寺暖《おのでらだん》と書いてあります
そしてもし週間ＭＶＰがあり投票できるなら島田海吏《しまだかいり》に
気がつけばＡクラスまで四ゲーム　打てれば強いって信じてた

6月5日○

爆弾と呼ばれたチームが今日ついに交流戦の首位に並んだ
六月の止まらない大山は優しい顔したダンプカーみたいだ

6月7日○

6月8日 ×

満塁でぼくら満塁でぼくら雁首そろえて三振しました
残塁をぼくら残塁をぼくら十個も集めてしまいました

四球四球また四球、大至急ストライクアウトを二十七ください

6月9日 ×

夜のなか歩きつつ青柳の防御率0・89を知る

6月10日○

雨のなか終電目指して駆けていく今日はタイガースが勝ちました
車窓から見える灯りも少ないが今日はタイガースが勝ちました

6月11日○

酒を飲み順位表みて問いかけるハロー、四位って何位ですか

6月12日◯

セントラル・リーグ再開

6月17日○

大山がエースが投げているからと言った、ごはんよりも野球が好きです
セリーグの再開の日に打ち勝った、ごはんよりも野球が好きです

6月18日○

待ち合わせ遅れたわけを正直に「大山の打席が見たかった」

各局の人がつぎつぎ口にする阪神が上がってきましたね……

振り向けば奈落の底からやってきたディスイズタイガーこわいでしょう?

両の手を使って数える残塁が十一個です指が足りない
落語家が思い込みって大事だと言った　阪神は強い強い

6月19日 ×

「二安打、二安打！」がニャンダニャンダに聞こえてああ連敗が始まる

6月21日 ×

いいえ私は阪神の女ノーアウト二塁で点が取れないの
いいえ私は阪神の女まだ一度もカープに勝てないの
新橋の陸橋の下でサヨナラを食らった夜だ消えゆく夜だ

6月22日 ×

拙攻と拙守で互いを殴り合うほかにない夜が終わっていった

6月23日 △

糸原《いとはら》の小さなガッツポーズには嬉し悔しの全部が入って
青柳が投げてるときに打つ梅野《うめの》エモーションだねエモーションだよ
青柳が湯浅にありがとごめんなと言ったってさ泣いてしまうな

6月24日○

6月25日○

降りしきる雨で濃くなる球場に十点がふるメガホンを振る
糸原のタオルを掲げたドラえもんのTシャツを着た子どもがはしゃいで

今日だけは各駅停車でサヨナラを何度も何度も見ながら帰る

6月26日○

野球やる気温じゃないと歩きだすアスファルトに花が咲いている

6月28日 ×

6月29日 ×

初球打ちしないと恐ろしいことが起こると恫喝でもされてるのか

ハマスタのサウナのごときに耐えているサトテルの頬の黒い線かな

6月30日 ×

岩崎が打たれたときの哀しみは二十時《はちじ》で閉まる酒場に似ている

7月1日×

追いついたときに野球ファンのように喜んだ大山を信じる

7月2日○

神宮と国立が同じころ終わりぎゅうぎゅうの車内にいる虎女
ヤクルトとベイと清水とマリノスのなかで梅野の三盗を見る

この日、名古屋で行われた阪神戦を見られなかった私は、電車のなかでスコアを確認していた。千駄ヶ谷駅に着くと神宮球場と国立競技場の観客が一斉に乗ってきた。

7月3日○

リハビリを越えて才木《さいき》がウイニングボールを1159日ぶりに受けとる

ひとしきり泣きじゃくったあと満面の笑顔を見せる、フラッシュが光る

大山が「才木のために打った」と言い中野が「才木のために打った」と言う

7月6日〇

映画見て現実世界に戻りたくないと思ったら勝っていた
ほんとうのせかいだろうかと電柱に頭をぶつけた、カープに勝った！

早すぎる夏に蟬が追いついた今日の阪神はまだ土のなか

7月7日 ×

彼方から投げているような青柳のボールが内角に消えてく

青柳が勝つたび思いだす言葉「エースになりたいです」なりました

7月8日○

公園でカブトムシをとる楽しさにまったく勝てない阪神の野球
絵日記にそれでも十個の残塁を描いてしまうカブトムシでなく

7月12日 ×

走ってても走ってもまだ走ってもまだ走るとき阪神が勝つ

7月13日○

大山と坂本《さかもと》がいないグランドを上位打線の輝きが照らす

ウルトラの夏に染まったスタンドを背負う伊藤《いとう》が巨人を倒した

7月14日○

7月15日◯

スタメンのだれかが毎日いなくなるのをカバーする今日は北條《ほうじょう》

青柳がピンチを切り抜けたときにガッツポーズをしたのは梅野だ

踏ん張った湯浅がマウンドを降りてしばらくしてから少し笑った

七月のちょうど真ん中の夜にチームは三位に浮上しました

ランナーが三塁に行けば点になるチームに負けました、戻り梅雨

7月16日×

7月17日○

警戒をされてもダブルスチールが決まるチームになったよ母さん

ガンケルのまっすぐに見えて沈んでくボールの残像で酒を飲む

ニュースです「広島への遠征に必ず大山を連れて行く」

7月19日○

床田から！床田から取った先取点！エクスクラメーション止まらない！！！

北條がタイムリーを打つ直前のツースリーのとき笑うのを見た

どこまでも赤く染まった球場と汗で色を変えたユニフォーム

今日勝つと負けるのとでは天と地の差があった、そんなときよく負ける

7月20日 ×

7月22日○

こんなにも疲れているのに負けないの?うん負けないの、それが青柳

大山の逆転ツーラン突き刺さり日焼けした少年がバンザイ

7月23日◯

あとひとつ勝てば借金ゼロになる夜の空気に当たってきます

前半の最後の夜に借金を返し終わって二位です二位です
もう試合終わったはずのスタンドで小さな子どもが素振りしている

7月24日○

後半戦

奇跡が起きると思った後半戦、
主力選手が次々と
新型コロナウイルス（あるいは隔離）で
離脱することに……。

夕暮れの甲子園の空、上昇するように伸びゆく虹を見た
ホームランボールをキャッチした子どもの声が画面ごしに伝わる
夏休み子どものころに夢を見た私は今も夢に見ている！

7月29日○

7月30日◯

タイムリーを打った選手がみんなしてオオキがオオキがオオキがと言う

7月31日 ×

歩かせろ歩かせろなぜ歩かせぬ　ほらホームラン夢が砕けて

勝ちたくて勝ちたい気持ちが強すぎて逃げるが勝ちをしないで負けた

8月2日○

つい弱気でもし負けたらと考えた、ねえ青柳もそう思った？

眠りより浅いフライで本塁へ帰ってこれる熊谷《くまがい》が光る

8月3日○

すみませんすみませんもう帰ります野球を見なくちゃ死んじゃうんです

一点が重い試合でキャッチャーがホームラン打つと泣いてしまう病

初めての感情だなこれオレンジのチームから早く疫病よ去れ

五億年ぶりに先発炎上しかえって光るこれまでの軌跡

8月4日×

8月5日◯

白球は目に見えるのに打てないしコロナは見えないから罹るし
非情です痛いです非常事態ですなのにわからん勝ってしまった

8月6日×

イマジン平和をイマジン世界を野球ができる喜びを（負けた）
阪神を応援する私のことを呆れた日で猫はもう見ない

一年をもしかして左右するような糸原のプレー、伝説になれ

8月7日○

8月9日 ×

身と心すべてつぶれてしまいそうな苦しい野球が去りますように

8月10日 ×

レギュラーの半分ぐらいがいなくなり自責点ゼロで負けるピッチャー
断崖の絶壁で一輪さいている花を伊藤将司《いとうまさし》といいます
NPB、別名なんでプレイボール　納得できるかプレイボール

8月11日 ×

わたくしがピッチャーだったら旅に出る「みんなが打つまで帰りません」

はじめから夢も希望もなかったろ終わらないいまだここは異次元

8月12日 ×

8月13日 ×

聞いてくれレディースアンドジェントルマンこれぞ藤浪《ふじなみ》これが藤浪

台風で川向こうからサイレンが無死二・三塁で点が取れない

藤浪の万物を越えた投球をもってしても本塁を踏めず

おい審判いくらなんでもそりゃないよレディースアンドジェントルじゃないよ

8月14日×

大山□いつ　中野□いつ　近本□いつ　エンターを押す

8月16日 ×

サトテルがヒットを一本打つだけで泣いちゃう情緒で七連敗
おさなごが小さな小さな旗を手にサトテルのスイングを真似ている
夏休みメガホンを持つ子どもらが笑っているのが選手に伝われ
負けたけど初めて射してきた光が明日をどうか照らしてください

8月17日　×

村上《むらかみ》の打った瞬間もうわかる放物線を佐藤が見上げる

留守番をしている犬のような目で試合のゆくえを見つめる伊藤

夜のセミ、鈴虫の声、八連敗　八月よまだ行かないでくれ

七十四年前の今日ナイターは始まったどんな灯りだったのかな

8月18日○

抜けそうな当たりでもほら大丈夫「ショートには中野が戻っています!」

寝てたのかもしや今まで寝てたのかへイ、ロハス今日からロハスさま

原口《はらぐち》が放つ二塁打本塁打ねえ彼は癌を越えてきたんだ

連敗を八つで止めたグランドに一礼をする原口を見た

大山がうしろに控えているだけで打ちだす佐藤これがチームか
司《つかさど》るコントロールをコントロールして笑う西をだれも打てない

8月19日○

報われろ今日こそきみが報われろ背番号19、野球の子

デイゲーム電車で何度もガッツポーズしておっさんにじっと見られる

8月20日◯

8月21日○

どこまでも一身上の都合だが逃げだしたい、そんな日の歌です

ストライクが決まらぬ才木を気持ちごと引っ張る梅野にただ泣かされる

落ち込んだ顔をしていた岩崎がやっと笑った梅野と一緒に

今日勝ったことでなんだか救われた人間がいます恥ずかしいや

「試合中バットが飛んでくることがございます」サトテルの打席で

8月23日 ×

今永《いまなが》のフォークが高めに浮き始めチャンスボールをだけど打てない

「お薬を出してください」「どんなやつ？」「打てるやつ」「そんなのありません」

横浜の青い波に飲み込まれ溺れる虎も久しからずや

逆転を信じて投げろと前回も前々回もコーチは言った
今日だって伊藤は信じて投げていたなんだか涙が出てくんなあ
知ってるか？伊藤の一番すごいとこ　心臓だ心臓が強いんだ

8月24日 ×

8月25日〇

近本の脚だ脚だ大山も脚だこれが矢野さんの野球だ

勝つだけでたったひとつを勝つだけで私は元気になりました、マル

降板をした西と同じ表情の自分が写りこむテレビジョン

8月26日×

8月27日◯

投げ終わるたびに右手をじっと見て藤浪、自分を確かめている

年月をかけて手にした制球の陰に梅あり野ありで泣くよ

ブチ切れていますまだ十九のルーキーが五回無失点なのに
点を取るチャンスが千はあったのに残塁の山を二千もつくる
阪神の前世が何か占おう「出ました、前世は残塁です」

8月28日 ×

8月30日○

雨に濡れ旗も揺れない重い空に大山のホームラン消えゆく

一カ月ぶりに戻った甲子園で黄色いカッパの子どもが踊る

8月31日○

走塁でめくれた土を丁寧に両手でならす中野になりたい

あのときの佐藤の盗塁が効いた　いつか言う日がくるかもしれない

八月の最後の夜に鮮やかな芝で野球の子らが抱き合う

9月1日○

リハビリの空白を埋め投げるのが楽しくて仕方ないんだ才木
サトテルがもし倒れても大山がもし倒れてもロハスがいるから
コールドが決まると佐藤が「来い、来い！」とみんなを呼んでファンに一礼

9月2日△

ねえちょっと球審の人ここへ来て　これボール？これストライク？これボール？

藤浪が投げるときには大山を大山をファーストにしてくれ
記録には残らぬエラーで崩れゆく、大山をファーストにしてくれ
大山がファーストにいると何もかも引き締まるファーストにいてくれ

9月3日 ×

シャッターがぜんぶ下りてる夜の道に似てる打線を知っていますか

9月4日×

9月6日×

村上を満塁で二度も抑えたら世界で祝われたっていいだろ
五時間を越える死闘のずぶ濡れの原口の打席を祝いたいだろ
誰だってずぶ濡れで泥だらけでも負けたって、でも祝いたいだろ

9月7日○

今日までの知りうる限りのよろこびをぜんぶ伊藤がもらってほしい

浜風で雲が流れる満天の星のすべてを伊藤将司に

勝ち星を摑んだ瞬間かけよった梅野、伊藤の背をなんども叩く

9月9日×

海へ行こうひとりで今夜は月を見て泣いてもだれにもばれないように
山も行こう森へ林へ夜の果てへ梅野はおやつに入りますか？
藤浪は勝っても負けても見る者を泣かす、わかったずっとつきあうよ中継の人すら嘆く「ピッチャーが気の毒です、しっかり守って」

手を洗いうがいを済ますより早く阪神の攻撃が終わった

セミだって最後の力をふりしぼりまだ鳴いている、聞こえないのか

9月10日 ×

9月11日○

原口が打席に立つとお隣の犬が鳴きだす勘が鋭い

タイムリーを打った佐藤が塁上でマンガのゴリラみたいに喜ぶ

糸原のサードにいったい私たちなんど助けてもらっただろう

だれだって岩貞《いわさだ》のこと愛さずにいられないだろ、これは断言

9月12日◯

「梅野はねキャッチするときいい音を鳴らすんですよ嬉しかったな」

何もない場面で佐藤輝明がウホウホって腕あげた　ずっと変わらずいてほしい

久々にマルテが打つと全員が花火を見ているように喜ぶ

ドラゴンズブルーの福留《ふくどめ》孝介《こうすけ》に甲子園からありがとうが降る

引退を表明していた福留の甲子園ラストゲーム。福留は中日からメジャーリーグを経て阪神に移籍、八年間プレーして最後は中日に戻った。現役最年長の激走する姿が、私は好きだった。試合終了後、福留への拍手は鳴りやまなかった。

9月13日 ×

甲子園で終われることが幸せと言った糸井《いとい》の日に勝ちたかった

この日、糸井嘉男は八日後の甲子園球場の試合を最後に、引退すると表明した。

9月14日○

右中間をモーゼのごとく切り開く梅野の打球が夢をつないで
病めるとき健やかなるときいつだって梅野はうしろにそらしはしない
八回のハートが破れそうなとき梅野は腕を大きく広げた！
岩崎が試合をしめて珍しく小さく強く拳を握った

9月17日 ×

オレンジのタオルが回るスタンドが映るたび目を閉じ耳をふさいだ
追うものが追われるものに勝るのを春からずっと私は見ている
ねえタイガー私の部屋で扇風機の音だけが今はしているよ

お願いだあともう少し少しだけ今だけの夢、秋までの夢

他試合のことだが山崎《やまさき》康晃《やすあき》は（殺してみろよ）って顔で投げてた

あの顔をするピッチャーがいるベイはやがてセ界を飲みこむだろう

藤浪の気にすんなの目を思いだし朝がくるころ絨毯をほじる

9月18日 ×

9月20日 ×

プレートを外れた球でストライクバッターアウトと叫ぶ球審
追い込まれた代打陽川《ようかわ》、目をつぶり次の瞬間ホームランを打つ
塁上で命の限り雄叫びを上げた原口みんなも叫ぶ
代走を送られベンチに下がってもまだ吠えている原口がいた
空に向けマシンガン放つ「クローザーが三点取られて代えないんかーい！」

9月21日 ×

目を閉じて音だけで今日は聞いていた糸井の打席、私は甲子園にいた
糸井が言う　タイガースの強い時代がくることを信じて一緒に応援しましょう
大山の頭を何度もなでていたほんとに何度もなでていたんだ

引退試合。日本ハム、オリックスを経てFAで阪神へやってきた糸井はこの日、代打で登場。フルカウントからヒットを放ち、アナウンサーの声が聞きとれないほどの歓声で球場を沸かせた。糸井は投手としてプロ入りし、野手に転向した選手だった。

タイガーとカープの立場はおんなじで全員崖の上に立っている
全試合みてきた私の心境はどっちも勝て負けるな　本気で思った

9月23日◯

9月27日○

ナイターの風はすっかり冷たくて九月の終わりが込み上げてくる
マウンドが急に孤独に見えました私にできることがなにもない
ヤクルトが若い選手を起用する光の陰であろうと勝ちたい
疾走の風でふくらむユニフォームそのままずっと止まらずに行け

9月28日○

原口だ原口がいる先頭に死にものぐるいで引っ張っている
村上に重圧がとアナは言うが対する投手だってそうだわ
岩崎が打たれるかもと考えていた自分を自分で蹴っとばす
青柳が昨日言ってた「ぜんぶ勝つ、最後まで応援してください」

10月1日

おまつりで笛や太鼓や子どもらの輪のなかで知る巨人が負けた
今日までの歌詠みの日々が綿あめや金魚すくいと混ざってはぜる

阪神の試合はなかったが、この日で三位が確定。
クライマックスシリーズ進出が決定した。

10月2日 △

ざわめきを晴れ渡る空を浜風をヘルメットに反射する光を
外野手が走るのを影が追いかけているように見える追いつきそうだ
なにひとつなかった春の彼方から追い越したんだ追い越してくれ
ただひとつ勝っただけでも泣いていた私たちポストシーズンへ行きます

CS《クライマックスシリーズ》ファーストステージ

比類なき最下位からの類例のない現象のゴールはどこだ

青柳の青いグラブが今日までのときを経て重く濃くなっている

見たことのない空の色だ横浜の夕方の五時を湯浅が救う

完全に夜をむかえたスタンドで帰りがたい人、帰れない人

10月8日○

10月9日 ×

阪神のホームは今日も遠すぎてどこにも帰れぬ私みたいで

負けてるとヘリやパトカーの音がやけに大きく響いて残る

画面越しスーパースローで見る雨が痛い悲しいでも美しい

アナウンスの「試合終了でございます」にエコーがかかって第三戦へ

10月10日○

左から強い西日が原口を照らす西まで帰ってこいと
近本にしか捕れない打球だピッチャーもすごいすごいと手を叩いている
湯浅！湯浅がいなければここまで来られなかったその右腕が！
ベイスターズの数えきれない星々の光をぜんぶ覚えています

CS《クライマックスシリーズ》ファイナルステージ

10月12日×

スコアだけ見ると惨敗ではあるが私の話も聞いておくれよ
五点差をつけられたあとダイブして島田が流れを変えようとしたんだ
ライアンに十三球も投げさせた原口がきっと明日につなげる
もうだめの顔を誰もがしていない下を向いてる選手がいない！

10月13日 ×

吹きつける風に逆らう村上のホームランを見てきらきらと泣く
ずぶぬれの阪神ファンが掲げ持つ信じているよの応援ボード
九回の二塁三塁ノーアウト私ひとつの夢を見ました覚めたくはない夢でした
かじかんだ指の先から負けん気のようなものがまだ落ちないように

10月14日 ×

青柳の意志を感じた勝つんだと勝ってたよ私ぜんぶ見てたよ
空撮で全景をとる中継が照らす光に追われてぼくら
電源を落とすと驚くほど静かでリーリーリーリー虫が鳴いてた

明日の夜みるはずだったナイターがないのか　なにをみれば　いいのか

あとがき

いつまでたっても阪神が勝たないからとSNSで短歌を始めたとき、はたして季語はいるのか、それさえ私はわかっていなかった。いるような気もした。だから最初のころの歌には、様子をうかがいつつの「春」が入っている。五七五七七であること以外なにも知らないまま始めてしまい、しかし私は必ず毎試合、最終戦まで短歌をやるんだと決めていた。理由は自分でもわからなかった。

わからないのに、決めたことはほかにもあった。それは試合後すぐに詠むこと、うそをつかないこと、ハッシュタグ（たとえば #tanka）をつけないことだ。なぜか？　こっちの理由なら説明できる。

試合が終わった直後のぐちゃぐちゃな気持ちを、そのまま歌にしたかった。使っていい時間は長くて五分、試合を見られなかった日も、結果を知ってから五分で歌にした。うそをつかない、これは思ってもいないことを書かないということだ。それっぽくするために便利な言葉を使わないということだ。絶対にやってはいけないと思っていた。ハッシュタグをつけなかったのは、短歌の世界に土足で上がり込むようでいやだったからだ。

こうして私は必ず毎試合・終了後すぐ・うそをつかず・ハッシュタグをつけず、と全部で四つの制約を自分に課し、日々の試合を歌にしていった。

唐突に短歌を始めた理由は、いまもわかっていない。でもこのわからなさは、どうして阪神が好きなのかわからないことに少し似ている。

気づけば私は野球が好きだった。

野球のすべてに夢中で、子どものころはデイゲームが見たくて学校をさぼった。西日が満ちる六畳間、小さなテレビで手あたり次第に試合を見ていた情熱はいつしか阪神タイガースというひとつのチームに集約され始め、強いときも弱いときも応援し続けたと書きたいところだが強いときはほぼなくて、しかし、弱かろうが好きだ、弱すぎて応援するのが苦しくても好きだ、たまに勝つと嬉しくて頭がおかしくなるんだ！

そこまで好きだと言い切れるのに、なぜ阪神なのかはぜんぜんわからない。どうして短歌を選んだのかもわからない。だけど五七五七七の定型の力がなければ、日々の観戦を歌にしていくことはできなかっただろうと、いまになって思う。ナイターの照明、ピッチャーの腕のしなり、空に溶けて見えなくなる大飛球、走れ走れランナー、それから芝。昼の試合で見る芝のまぶしさ。観客席。ぶかぶかのユニフォームを着てぎゃあぎゃあ笑う子ども。そういったすべてのものをまとめて野球と呼びたいとき、短歌は力を貸してくれた。どうすればいいのか五七五七七が教えてくれた。

本になるなんて思っていなかったから、自分で作った制約以外は自由で気ままだった。だからだと思うが、八月に声をかけてくれたナナロク社の村井さんは、どのタイミングでオファーを出すか、とても悩んだそうだ。ひとりで勝手にやっているのが面白いから、ペナントレースが終わるまで出来るだけ関わりたくないとも言っていた。実際、村井さんは選歌を始めるまでは、助言をしてこなかった。ただ「目の前のドラマを目一杯、生きてください」とだけおっしゃった。私はかつてないほど精一杯生きた。

そして斉藤倫さん。ある日、斉藤さんは私の短歌を引用し、言及してくださった。それを見て村井さんは私を知ったのであり、この本ができた。みなさんと野球と短歌に御礼申し上げます、ありがとうございました。勝率ゼロ割台だったチームがクライマックスシリーズへ行ってしまう未来とともに、いまだに信じられません。打ち合わせのあと、私はひとり夜の公園を歩きながら、空を見上げて「未来やべえな」って、本当に声に出していたんです。

二〇二三年　春　　池松舞

セ界は世界に先立って

斉藤倫

一冊、すべて野球にかんする短歌だ。「もつのかな」とおもうけど、もつのである。もつどころではない。そのことを書きたい。

かつて野球について、熱狂的に書いた歌人がいる。

久方のアメリカ人のはじめにしベースボールは見れど飽かぬかも　正岡子規

俳人でもあり、野球、という訳語の生みの親ともいわれる子規。それは俗説なのだが、由来は、本名のノボルをもじって「野球（ノボール）」と署名していたせいらしい。そっちのほうがやばい。子規は、いうまでもなく写生のひとで、客観を重んじたけど、主観を排したわけではない。

世界を観て、つかまえることのなかに、こころはもう入ってるから、くだくだしい「理窟」は無用とかんがえたのだ。子規のいう「理窟」は、「レトリック」に近いとおもうのだけど、おおくの和歌が、きめごとにしたがって語をあやつり、それで感情を表現した気になっているおろかしさを論難した。

その子規は、なぜ野球にひかれたのか。随筆「ベースボールとは何ぞや」で、このゲームを本邦に紹介しつつ、プレイヤーも、観客も、ただ一個の球に注目せざるをえないことを特徴として挙げている。「球は前に飛び後に飛び、局面忽然変化」し、そのおかれた状況ひとつで、すべてのいみがかわってしまうからだ。

目のまえの微細な変化を観察し、そのなかに世界を見てとるような、子規流の〈写生〉のエッセンスを、この球技に見ていたのかもしれない。

同様なものを、池松さんにもかんじていて、それは、くりひろげられる野球を、つぶさに観ることが、世界を語ることになるという、やみくもな信憑だ。

さっきまでセ界が全滅したことを私はぜんぜん知らなかった

かつて『素晴らしいアメリカ野球』や、『ユニヴァーサル野球協会』、『フィールド・オブ・

ドリームス』など、野球がおおいにフィクションのモチーフとなった時代があった。国家や血族、またそれを支える神話を、野球という共同幻想になぞらえる、いわば、フィクションのうえで、フィクションをシミュレートさせる実験のようにおもえた。

神話のない国アメリカの、それにあたるものが野球だったという説は、神話をうしなった戦後日本での、野球やプロレスの役割にも似ている。色川武大『狂人日記』の主人公が、戦中の子ども時分に、力士のカードをつくり、やがて、それをめぐる世界のぜんたいを構築するようになるエピソードを、おもい出してもいい。

時代をへて、ある種の「国技」のような地位から、すべりおちていった野球は、おおきな国家のような幻想に対置されることは、もうない。野球は、いまや、つかんだ指先からのがれるように枝わかれしていくげんじつの、どこにじぶんというピンを刺すかという、世界像の喩であるかのようだ。

残塁の数を数えて甲子園きみは十二でぼくは九つ

しんだ子の年を数えるということばがあるけど、残塁とはいわば果たせなかった夢の別名で、この歌集のなかにも何度か出てくる。

子規が、客観にこめたようないみを、岡井隆は短歌の入門書で、「かわりばなを叩け」といっている。自然を見つめ、その変化を捉えること。岡井は、指南のため、きりつめて語っているが、ここには表現の本質のようなものがある。変化を詠めば足りる、といい切れるのは、じつは、そのとき詠まれているのが、変化しなかったものだからだ。なにかがうごくということは、その瞬間、うごかなかった世界をうむ。

目のまえで枝わかれしていくこのげんじつに、野球というゲームのはらむ、ふくざつさは、じゅうぶん拮抗している。そのような「セ界」でのできごとをつぶさに観るのは、起こらなかったことを観るのと、おなじになる。それゆえの、せつなさと、おかしさの法則を、池松さんは、かなりの確度でつかんでいて、これが文体のあきらかな磁力となっている。

打ててれば勝ってる試合が十はあり打ってないから十は負けてる

野球解説にはこうした紋切り型があり、「あそこで打ってれば勝ってましたね」というのもそうで、われわれは「あたりまえだよね？」とつぶやき、そこまで含めて様式美なのだけど、池松さんは、それをさらなる「あたりまえ」で返しているのが見事だ。打っていないの背後に、十の「打っている」をたしかに見てしまう。それが野球ファンの哀しいリテラシーだ。

防御率　一位と二位のピッチャーがいる阪神は最下位にいる

こうした自然法則を逸脱するかのようなげんじつを目のまえにすると、今日勝つと負けるのとでは天と地の差があった、そんなときよく負ける

いわゆる「じぶんが観ると点をとられる症候群」のように、妄想ぎりぎりまで、理性がゆがんでくる。

十一点あっても安心できなくてみんな祈っていたんじゃないの？
ランナーが出るたび思った大山がいてくれたならいてくれたなら

こうした、何も起こらなかった世界の分岐を、ありありととらえるのが、野球短歌だといいたくなるほどだ。ぼうだいな、そうではなかった世界を、せつなさのピンで止めること。それはわたしたちの感情を、端的にゆさぶる。

子規も「写実と申すは合理非合理事実非事実の謂にてはこれなく候」といっている。子規にとっての野球も、舶来のゲームにふれるだけではない喜びに満ちていて、それは、世界が枝わかれする瞬間を見逃すまいとする熱に通じている気がする。池松さんの歌もおなじだ。

今日だけは各駅停車でサヨナラを何度も何度も見ながら帰る

「セ界」と呼ばれるこの世界では、サヨナラはちがういみをもつ。おなじ車両にいるはずの、あなたと、わたしは、ちがう場面に立っていて、まじわらないたくさんの内面が、運ばれていくうつくしさ。

新橋の陸橋の下でサヨナラを食らった夜だ消えゆく夜だ

この歌集になければ、どうしたって失恋の歌だ。次元をまたぐ世界どうしでは、射影のように、ことばのいみが曲がる。

春の夜に０６７が示すのは大阪の電話と阪神の勝率

セ界は、世界を、射影していく。本来、野球観戦の歌などは、恋や自然や人間関係や仕事や、さまざまな歌のなかで精彩を放つものだろう。ところが、げんじつが野球で満たされている者にとっては、365日詠んでも、すべてがこの世界の微細な層のように異なっている。

それだから、緻密なルールで閉じているはずの「セ界」という体系が、ときに外がわの二〇二二年に脅かされるさまも、歌は映し出してしまう。

早すぎる夏に蟬が追いついた今日の阪神はまだ土のなか
スタメンのだれかが毎日いなくなるのをカバーする今日は北條
手を洗いうがいを済ますより早く阪神の攻撃が終わった

繊細に排除して成立していた外部が、もれ入ったひかりのように不吉にかがやく。それは短歌にかぎらない、すぐれた創作物の見せる脈動だろう。

そして、はからずも／はかったように、破綻が訪れる。同時進行という形式じたいのもたらすものといえる。

はじめから夢も希望もなかったろ終わらないまだここは異次元

げんじつが創作物をくいやぶる。それをわたしたちは平板に奇跡というけれど、ここには、出来事のふしぎがふるえるように、あらわになっている。

子規が、和歌のしきたりを否定したように、池松さんは短歌的な整いかたをとらなかったけれど、それは、剝き身の偶然に、じぶんをさらすことにもなる。歌集としてまとめることを、はなから想定していなかった構えが味方して、「奇跡」を呼びこんでしまっている。

空撮で全景をとる中継が照らす光に追われてぼくら

――いつまでたっても阪神が勝たないから、短歌を作ることにしました。

という一文ではじめたとき、池松さんは、なにをおもっていたのだろうか。それはわからないけれど、そのつくり出した果実を、わたしたちは、幸福にも手にしている。たしかにあったし、そのなかに生きていたのに、いまは、もうかき消えてしまった二〇二二年の「世界」と「セ界」に、わらいながら、つぎの一瞬、胸がつまるような、くるおしい日々を追体験する読者はしあわせだろう。

それが、この時代において、短歌というかたちをとったことが、ぼくにはぐうぜんではないようにおもえる。

さいとう・りん／詩人。『どろぼうのどろぼん』（福音館書店）で、第四八回日本児童文学者協会新人賞、第六四回小学館児童出版文化賞を受賞。著書に『ぼくがゆびをぱちんとならして、きみがおとなになるまえの詩集』（福音館書店）、『ポエトリー・ドッグス』（講談社）、『さよなら、柩』（思潮社）など多数。

池松 舞（いけまつ・まい）

東京生まれ。出版社勤務を経て文筆業。
2022年4月8日、作歌を始める。
本書が初の著書である。
文学と野球と将棋が好き。

野球短歌

さっきまでセ界が全滅したことを
私はぜんぜん知らなかった

池松 舞

初版第1刷発行　２０２３年4月　８　日
第2刷発行　２０２３年5月２６日

装丁　名久井直子
組版　小林正人（OICHOC）
校正　五味時作
発行人　村井光男
発行所　株式会社ナナロク社
〒142-0064　東京都品川区旗の台 4-6-27
電話　03-5749-4976
ＦＡＸ　03-5749-4977

印刷所　創栄図書印刷株式会社

ISBN 978-4-86732-019-8 C0092

ドラフトで呼ばれた瞬間まばたきも忘れまぶしいままで笑った

10月20日